AF452606

CATALOGUE

DE

TABLEAUX

ANCIENS ET MODERNES

Œuvres de

Achenbach, H. Leys, J. Stevens, Verboeckhoven,

VAN AELST, VAN BASSAN, BREYDEL, A. GRYF, VAN KESSEL,

H. RONNER, P. VAN SCHENDEL, A. STORCK,

TEN KATE, VAN HOVE

PROVENANT DE LA

COLLECTION OTTERBEIN

(De Bruxelles)

DONT LA VENTE AURA LIEU

HOTEL DROUOT, SALLE N° 9

Le Vendredi 3 Mai 1901

à trois heures

COMMISSAIRE-PRISEUR	EXPERT
Mᵉ Hilaire VIVAREZ	**M. J. FÉRAL**
15, rue Drouot, 15	54, Faubourg-Montmartre, 54

EXPOSITION PUBLIQUE

Le Jeudi 2 Mai 1901, de 1 h. 1/2 à 5 h. 1/2

CONDITIONS DE LA VENTE

Elle sera faite au comptant.

Les acquéreurs payeront *dix pour cent* en sus des prix d'adjudication.

Paris. — Imp. de l'Art, E. Moreau et Cie.
41. rue de la Victoire

DÉSIGNATION

ACHENBACH

(ANDRÉAS)

1 — *Torrent en Norvége.*

Un torrent éclairé par un chaud
effet de lumière coule, en écumant,
entre des rochers abruptes et garnis
de broussailles. Le ciel est obscurci
par l'orage. Au fond, des monta-
gnes boisées se perdent dans la
brume.

Très joli tableau de l'artiste, ayant
figuré sous le n° 165 à l'*Exposition
des Œuvres d'Achenbach*, à Dussel-
dorf (1885).

Signé à droite et daté 1849.

Toile. Haut., 41 cent. ; larg., 36 cent.

AELST

(GUILLAUME VAN)

2 — *Pêches, Raisins et Noix sur une
console de marbre.*

Signé et daté 1671.

Toile. Haut., 64 cent.; larg., 53 cent.

BASSAN

(BARTHELÉMY VAN)

3 — *Intérieur d'Église.*

Bon tableau animé de figures pein-
tes dans la manière de David Te-
niers.

Signé à droite et daté 1650.

Bois. Haut., 54 cent.; larg., 44 cent.

BODEMAN

4 — *Cascade dans un paysage agreste.*

Signé à droite et daté 1847.

Bois. Haut., 51 cent.; larg., 64 cent.

BOSSUET

(F.)

5 — *Maison hollandaise.*

Au bord d'un canal : bateau et pêcheurs.

Signé à droite.

Bois. Haut., 31 cent.; larg., 26 cent.

BREYDEL

(LE CHEVALIER CH.)

6 — *Choc de cavalerie.*

Composition pleine de mouvement,
animée de nombreux personnages,
avec vue de ville à l'horizon.

Signé à gauche.

Bois. Haut., 33 cent ; larg., 47 cent.

CLAYS

(P.-S.)

7 — *Le Sauvetage d'un voilier.*

Signé à droite et daté 46.

Bois. Haut., 31 cent.; larg., 40 cent.

DEVENTER

(VAN)

8 — *Rochers et cascade dans une vallée boisée.*

Signé et daté 1846.

GRYF

(ADRIEN)

9 — *Chiens et Gibier.*

Un lièvre attaché par les pattes à une branche, des perdreaux, des bécasses et petits oiseaux laissés à terre sont gardés par trois chiens à l'entrée d'un bois.

A droite et vers le fond, des chasseurs et leurs chiens dans la campagne.

Jolie composition.

Signé à droite en toutes lettres.

Bois. Haut., 22 cent.; larg., 29 cent.

KESSEL

(J. VAN)

10 — *Fruits et Gibiers dans un paysage.*

Signé à gauche.

Bois. Haut., 47 cent.; larg., 63 cent.

KUNNEN

(L.)

11 — *Paysage avec tour en ruine.*

Signé au centre.

Bois. Haut., 14 cent.; larg., 19 cent.

LEYS

(HENRI)

12 — *Un Villageois.*

Vêtu d'un habit de velours vert, coiffé d'un chapeau à larges bords. il est vu de trois quarts, tourné vers la gauche, assis près d'une table où sont posés un grand livre, un vase de grès et un verre à bière.

Fumant une longue pipe, il regarde attentivement une note qu'il tient à la main.

Bon tableau du maître.

Signé en haut, à droite.

Bois. Haut., 27 cent.; larg., 22 cent.

MABUSE

(Attribué à JEAN DE)

13 — *La Vierge et l'Enfant Jésus.*

Bois. Haut., 28 cent.; larg., 19 cent.

MEGANCK

(JOHAN)

14 — *Villageois italiens autour d'un puits.*

Signé et daté 1848.

Bois. Haut., 74 cent.; larg., 59 cent.

RONNER

(HENRIETTE)
(DEUX PENDANTS)

15 — *Chien menaçant une poule et ses poussins.*

16 — *Chien guettant un lapin près d'un panier de légumes.*

Signés des initiales.

Bois. Haut., 19 cent.; larg., 15 cent.

ROOSENBOOM

(N.-J.)

17 — *Un Canal gelé en Hollande.*

Signé à gauche en toutes lettres.

Bois. Haut., 30 cent.; larg., 40 cent.

SCHENDEL

(P. VAN)

18 — *Buste de Jeune Fille ; effet de lumière.*

Haut., 16 cent.; larg., 11 cent.

SCHENDEL

(PIERRE VAN)

19 — *Le Marchand de volailles.*

Dans un marché, une jeune ménagère examine à la lueur d'une bougie un canard.

Le marchand, derrière son éventaire chargé de diverses bêtes à plumes, regarde attentivement sa jolie cliente.

Fine peinture d'un joli effet de lumière.

Signé et daté 1850.

Bois. Haut., 64 cent.; larg., 44 cent.

SCHENDEL

(PIERRE VAN)

20 — *Un Canal en Hollande; effet de clair de lune.*

Signé à droite du monogramme.

Bois. Haut., 50 cent.; larg., 63 cent.

SCHUZ

21 — *Les Bords du Rhin.*

Fin et joli petit tableau.

Signé en toutes lettres.

Bois. Haut., 19 cent.; larg., 25 cent.,

STEVENS

(JOSEPH)

22 — *Une Halte.*

Un cheval gris est attaché par la bride au mur d'un parc. Un griffon roux tient dans sa gueule le gant de son maître. Un autre chien blanc, aux oreilles tachées de noir, semble lui convoiter.

Charmant tableau de la meilleure qualité de l'artiste.

Signé et daté 1849.

Bois. Haut., 25 cent.; larg., 30 cent.

STORCK

(ABRAHAM)

23 — *Vue d'Amsterdam.*

De nombreux ouvriers sont occupés sur un quai; les uns déchargent un bateau, d'autres cerclent des tonneaux. Deux élégants personnages se promènent au centre.

Plus loin, s'élève le Schreierstoren.

Des bateaux marchands animent le canal, leurs mâtures se perdent à l'horizon.

Très bon tableau de l'artiste, ornés de figures spirituellement touchées.

Signé à gauche en toutes lettres.

Toile. Haut., 48 cent.; larg., 54 cent.

TENKATE

(HERMAN)

(DEUX PENDANTS)

24 — *Rixe au Cabaret.*

25 — *Dames et Gentilshommes faisant ou écoutant de la musique.*

Compositions de nombreux personnages.

Signés et datés 1854.

Bois. Haut., 22 cent.; larg., 30 cent.

VAN HOVE

(B.-J.)

26 — *Un Canal en Hollande.*

Au premier plan, plusieurs figures sur une rive : pêcheurs et marchands. A gauche, un bateau.

Sur l'autre rive, plantée de grands arbres, les maisons d'une ville éclairée par un rayon de soleil.

Signé à droite et daté 1846.

Bois.Haut., 50 cent.; larg., 63 cent.

VAN BOS

27 — *Une Table d'office.*

Toile. Haut., 48 cent.; larg., 34 cent.

VERBOECKHOVEN

(EUGÈNE)

28 — *Animaux dans un pré.*

Deux vaches, l'une couchée, l'autre debout tournée vers la droite ; deux moutons et un bélier groupés devant un massif d'arbustes.

Fin tableau d'un ton chaud et lumineux.

Signé et daté 1852.

Bois. Haut., 24 cent.; larg., 30 cent.

VERWILT

(FRANÇOIS)

29 — *L'Adoration des Mages*.

Bon tableau.

Signé à droite *Wilt*.

Bois. Haut., 33 cent.; larg., 37 cent.